W0236913

Pour le petit Mohammed et tous les enfants
qui, comme lui, doivent vivre très loin de là où ils sont nés.

C. H-D.

Pour tous ceux qui passent par les chemins des Dunes.

N. D.

Colette Hus-David · Nathalie Dieterlé

Chemin des dunes

Sur la route de l'exil

Gautier • Languereau

Je m'appelle Talia, j'ai sept ans et j'ai déjà beaucoup voyagé.

Au début, j'habitais une grande ville au Soudan – c'est en Afrique.
Je suis du quartier Haj Youssef.
Mon papa répare des voitures, ma maman s'occupe de nous :
mon grand frère Kamal et moi. Bientôt, nous aurons une petite sœur.

Dans notre pays, il y a eu des problèmes et on a dû partir.
Je ne sais pas ce qui s'est passé mais, tout à coup, on a dû partir, tout de suite.
On a pris le taxi très tôt...
Je n'ai pas revu Aïcha, ma meilleure amie.
Elle m'attend tous les matins au coin de la ruelle pour aller à l'école...
Ni mon grand-père, le papa de mon papa...
J'ai juste eu le temps de prendre le foulard bleu qu'il m'a donné
pour mon anniversaire.

Je l'ai mis sur mes cheveux pour faire comme Maman.

C'était un long voyage…

Le taxi faisait des bonds sur chaque trou de la piste.
Avec mon frère, on s'amusait à s'écraser l'un l'autre dans les secousses.
On s'ennuyait un peu. Papa et Maman ne disaient rien.
On est arrivés en Égypte.
Je le sais, j'ai entendu Papa le murmurer à Maman.

Plus tard, toute la famille est montée dans un camion
avec beaucoup d'autres voyageurs.
Pendant le trajet, Kamal a joué à l'awalé avec un garçon.
Moi, je comptais les petits coquillages que mon frère gagnait.
Il trichait, comme d'habitude. Je me suis blottie contre Maman
et j'ai senti ma petite sœur gigoter dans son ventre.

On s'arrêtait parfois pour manger et aussi pour prier.
Le chauffeur faisait hurler la radio comme si on partait au marché,
mais on était au milieu du désert.

Je rêvais au nouveau pays où nous allions habiter.

Et puis un jour, j'ai vu la mer pour la première fois...
Immense, incroyable, jamais je n'aurais pu l'imaginer : le bleu profond, infini, le bruit incessant des vagues, du vent, des oiseaux et l'odeur du grand voyage.

J'avais le vertige.
Quand le soleil s'est couché, on a rejoint les groupes sur la plage pour attendre un canot.
Il y avait foule, il faisait nuit, et c'est là que le malheur est arrivé.

Tout le monde était très énervé.
Des hommes nous disaient : « Allez par là, vite ! »
D'autres nous ont crié : « Partez de l'autre côté, dépêchez-vous ! »
et enfin un marin nous a ordonné de monter à bord.
Kamal s'était éloigné... Il ne fait jamais attention mon frère ! Peut-être qu'il était juste derrière le grand monsieur en boubou, ou bien il était caché par tous ces paquets.

On ne voyait plus rien, il fallait se presser. On avait payé très cher pour embarquer.
Papa a crié, cherché, Maman a appelé, supplié, et moi je ne savais pas ce que je devais faire.

C'était impossible, on ne pouvait pas partir sans lui, mais…
la barque a pris le large tout doucement dans l'eau noire.
Le capitaine nous a dit de rester calmes :
« Vous allez le retrouver, il va prendre un autre bateau. »

Papa et Maman étaient serrés l'un contre l'autre
et nous avons longtemps pleuré. Puis je me suis endormie.
Quand je me suis réveillée, j'étais trempée. Il faisait presque jour.
La barque a accosté sur une plage entourée de rochers.
Papa voulait voir tous les canots pour retrouver Kamal
mais on n'a pas pu rester. C'était organisé, il fallait obéir.

On a marché très lentement à cause de Maman
et de ma petite sœur à l'abri dans son ventre.

Enfin, on est arrivés à l'embarcadère pour prendre un bateau plus grand.
On ne pouvait pas attendre.

À bord, on a eu le droit de monter à l'étage, c'était pour les familles.
Il y avait plus d'air, plus d'espace. On voyait le grand large.
Pourtant, mes parents avaient le regard plein de désespoir.
Où était Kamal ?... Je sentais comme un immense poids qui me serrait le cœur.

Dans ce bateau, on est restés plusieurs jours, peut-être une semaine.
Je voyais la mer, infiniment bleue, et je n'avais pas peur.
Il faisait chaud, on avait soif. J'ai goûté l'eau salée.
On était ensemble, mais mon grand frère nous manquait.

C'est sur cette mer-là qu'est née ma petite sœur.

Quand j'ai eu le droit de m'approcher, j'ai vu Maman allongée sur les bancs.
Papa la soutenait et lui tenait la main. Dans leurs yeux, j'ai retrouvé un éclat de bonheur.
La dame qui avait aidé Maman a emmailloté le bébé dans mon grand foulard bleu.
J'ai pu prendre ma petite sœur tout doucement sur les genoux.
« Attention à sa tête, c'est si fragile ! »
Elle était notre petite princesse. On l'a appelée Anisa.
Tout le monde voulait la voir, même les gens de l'étage du dessous.

Un matin, on a aperçu la côte. Une vedette nous a suivis. C'était des Italiens.
Ils nous ont distribué des gilets de sauvetage bien trop grands pour moi. Et hop ! hop !
De bras en bras on a mis pied à terre. Maman tenait notre précieux paquet serré contre son cœur.

Ensuite, on est passés à l'enregistrement. J'ai annoncé au monsieur qui notait :
« Je m'appelle Talia, j'ai sept ans, je viens du Soudan, c'est en Afrique, je suis du quartier Haj Youssef. »

Puis, on a mangé et dormi au sec !
Papa a lancé un appel pour retrouver Kamal, il en parlait à tous ceux qui arrivaient.
Certains lui disaient que des bateaux avaient chaviré.
Il me serrait la main très fort : chez nous, on n'apprend pas à nager...
J'ai vu beaucoup d'enfants, des familles, des bébés, des vieux, des colis, des valises,
des jeunes garçons comme mon frère. Mais, lorsque je m'approchais, ce n'était pas lui.
Les bus partaient tous les jours vers des centres. Nous, on est allés vers Paris.
C'est en France. Mes parents connaissaient quelqu'un là-bas.

Quand on est arrivés, on a logé dans des baraquements avec d'autres familles.
Notre maison d'avant était bien plus jolie que ces espèces de cabanes tristes et sombres.
Malgré tout, Papa pensait que ça irait mieux... bientôt. Il nous expliquait :
« L'administration traite notre dossier, nous aurons des papiers. »
Heureusement, il sait se débrouiller, mon père !
Il affirme que les papiers sont indispensables pour vivre ici.

Maman s'occupait de tout et nourrissait notre bébé. Anisa souriait.
Je pouvais jouer avec les autres enfants tous les jours. Papa parcourait la ville
à la recherche de mon frère. Sous un pont, il a rencontré un Africain qui lui a conseillé :
« Mon ami, tu dois aller dans le Nord, là-bas tu trouveras un grand camp,
il paraît qu'il y a beaucoup d'enfants isolés... »

Alors, on a pris le train.

Maintenant, j'habite avec ma famille ici, au bord de la mer, je suis de la Zone nord.

D'abord, mon père nous a construit un abri couvert de bâches bleues, le long du chemin des Dunes.
C'était étroit et boueux, et quand les autorités sont venues avec beaucoup de journalistes,
la dame médecin a insisté :
« Ce n'est pas possible avec un bébé… trop dangereux… insalubre… »

C'est pour ça que maintenant on a déménagé.

Ils nous ont expliqué que c'était des logements provisoires.
Ça veut dire qu'on ne pourra pas habiter trop longtemps dans cette maison.
Pourtant, elle est plus solide pour résister à la pluie, au froid, à la tempête…

Ici, dans la Zone, il y a beaucoup de familles. Je me suis fait une nouvelle amie : Naïma. Elle a un frère aussi, il ressemble à Kamal en plus petit. Ensemble, on rapporte l'eau, ou bien on fait les courses à l'épicerie quand Maman nous le demande, et l'après-midi, on va à l'école.

J'aime beaucoup cette école construite avec des planches toutes de traviole. Dans la grande pièce, on s'assied autour de la table. Il fait chaud. Il y a des livres, des jeux, des crayons de couleur. Parfois on chante, on rit, on oublie tout, on se sent bien.
On a plusieurs maîtresses qui nous apprennent le français ou l'anglais. Moi, je préfère Maryam, elle adore nous faire dessiner. Je suis sûre que Kamal dessinerait mieux que moi.

Je me demande bien ce qu'il fait en ce moment.

Naïma a un secret. Lorsque la nuit tombe, elle met tous ses habits les uns sur les autres, et elle s'en va tenter sa chance avec sa mère et son frère. Ils marchent dans le noir jusqu'à l'autoroute et ils essayent de monter dans des camions qui partent en Angleterre. Son oncle habite là-bas. Il téléphone souvent pour leur donner du courage.
Elle m'a expliqué :
« La nuit, c'est l'aventure. Il faut faire attention à la police, et surtout c'est très dangereux, on risque de se faire écraser. »

Un jour, j'ai trouvé la cabane de Naïma vide. Elle était partie...

Cette nuit-là, j'espère qu'elle a eu de la chance.
Le lendemain, je suis arrivée seule à l'école.
J'étais très triste, je l'ai confié tout bas à Maryam.

Je voudrais revoir mon amie... et Kamal...

Anisa sait marcher, elle me suit tout le temps dans ses petites bottes rouges.
Il fait à nouveau froid, le ciel est gris, le vent du nord souffle bien fort.
On va passer un autre hiver ici.
Mon papa répare des vélos et bricole un peu partout pour installer
les gens qui arrivent. Le camp est très grand, il y a beaucoup de monde.

Ça va, ça vient, comme dans une ville.

Quelquefois, mon père va au bureau de l'administration
pour voir si les papiers sont là. C'est très important. Il faut attendre.

Maman aide les autres mamans à s'occuper des enfants,
elle fait la cuisine, la lessive.
Elle a appris à parler beaucoup de langues en plus de l'arabe.
Ici, on rencontre des gens de tous les pays.
Anisa répète les mots, elle est adorable !

Je rentre de l'école toute seule maintenant. La nuit tombe plus tôt.

Je n'aime pas passer près de la décharge, il fait sombre et ça sent très mauvais.

Un soir, derrière les bidons, il y avait des garçons qui discutaient autour d'un brasero.

Quand je suis passée, ils m'ont appelée.

J'ai eu si peur que j'ai baissé la tête et que je me suis mise à courir.

J'entendais mes pas : « Floc ! Floc ! » dans la boue, et mon cœur battait très fort.

L'un d'eux m'a suivie. J'ai couru encore plus vite, je voyais le chemin des Dunes et ses lumières pâles qui dansaient. J'étais presque arrivée.

Derrière moi, je sentais qu'il me rattrapait.

Il a crié :

« Talia, attends ! C'est moi ! »

Je me suis retournée.

« Kamal ! »

J'ai reconnu mon grand frère.
Il était vraiment là, devant moi, bien vivant, encore plus grand et plus fort qu'avant !
Il m'a souri, ses yeux brillaient, et j'ai pleuré de joie contre son épaule.
C'était comme un miracle. On est rentrés chez nous.
J'étais tellement fière d'offrir ce bonheur à mes parents !
Quand on a ouvert la porte, Kamal a regardé Anisa, puis Maman et Papa.
Et tout à coup, on s'est tous serrés très fort… très longtemps.
On avait tant de choses à se raconter.

Maintenant, plus rien de grave ne peut nous arriver.

Directeur : Sarah Koegler-Jacquet
Directrice éditoriale : Brigitte Leblanc
Éditrice : Juliette Spiteri, assistée de Lorène Lebrun
Responsable artistique : Solène Lavand - Mise en page : Gaëlle Souppart
Fabrication : Virginie Vassart-Cugini
Lecture-correction : Myriam Blanc

© 2017, Gautier-Languereau / Hachette Livre
58, rue Jean Bleuzen – CS 70007 – 92178 Vanves
ISBN : 978-2-01-702423-1
Dépôt légal : septembre 2017 – Édition 01
Imprimé en France par Pollina - 80667. Achevé d'imprimer en septembre 2017.
Loi n° 49-956 du 16 juillet 1949 sur les publications destinées à la jeunesse

PAPIER À BASE DE FIBRES CERTIFIÉES

Gautier • Languereau
s'engage pour l'environnement en réduisant l'empreinte carbone de ses livres.
Celle de cet exemplaire est de :
400 g éq. CO_2
Rendez-vous sur www.gautier-languereau-durable.fr